KB140415

쇠박새의
노래

쇠박새의 노래

초판인쇄 | 2021년 7월 17일
초판발행 | 2021년 7월 21일

지 은 이 | 강달수
편집주간 | 배재경
펴 낸 이 | 배재도
펴 낸 곳 | 도서출판 작가마을
표지그림 | 김혜경 ('아뜨리에 숲' 동인, 인문학 《동행》 회장)
등　 록 | 2002년 8월 29일제 2002-000012호
주　 소 | 부산광역시 중구 대청로 141번길 15-1 대륙빌딩 301호
　　　　T. 051248-4145, 2598　F. 051248-0723　E. seepoet@hanmail.net

ISBN 979-11-5606-171-7 03810　정가 10,000원

※ 본 도서는 2021년도 부산광역시, 부산문화재단 '부산문화우수예술지원사업'으로
　 지원을 받았습니다.

작가마을 시인선 ⑤

쇠박새의 노래

강달수 시집

도서출판
작가마을

쇠박새가 되어 날아가신 어머님!

그리운 어머님!

금 번에 네 번째 시집『쇠박새의 노래』를 발간합니다.

『쇠박새의 노래』서문을 쓰는 날엔, 어머님이 떠나시던 날처럼 비가 내렸습니다. 지난 2017년 7월 5일(음력 5월 12일) 어머님이 저 하늘의 별이 되시고 난 후, 어머님이 미치도록 그립고 생각이 날 때마다 쓴 시편 들을 금번 부산문화재단의 도움으로 묶어 냅니다. 어머님! 어머님이 계신 하늘나라에는 최소한 코로나 사태는 없으리라 생각하니 그나마 다행입니다.

어머님이 떠나시던 해, 설 명절에 귀향을 했을 때, 그믐날에 용문사 같이 한 번 가자고 말씀하셨습니다. 그동안 거동이 불편하셔서 몇 년간 절에 가시지 못하셔서 가고 싶으셨던 것 같았습니다. 내 손을 꼭 잡고 오른 용문사, 먼저 대웅전에서 부처님께 인사를 올리고 나한전, 명부전, 향적전 모든 곳을 다 참배하시고 불전을 올리셨습니다. 칠성각 까지. 끝으로 종무

실에 가서 초파일 날 달 가족 등까지 예약을 하시고 돌아 나오는 어머님의 표정이 노도 앞 바다 윤슬처럼 환하게 빛나셨습니다. "야야! 오늘 아들하고 용문사에 왔다 가니 내 마음이 참 편안하다"고 말씀하셨습니다. 그 때는 단순히 '평생을 다니시던 사찰이었기에, 무릎 관절이 좋지 않아서 그동안 방문하시지 못하여 늘 마음이 무거우셨는가 보다' 생각했는데, 지나고 나서 생각해 보니, 어머님이 죽음을 예감하시고 마지막으로 한번, 용문사에 아들과 함께 가고 싶었던 것 같아 왠지 울컥 눈물이 납니다.

며칠 전, 늦은 귀가를 하는 중 보름달이 환하게 떠 있었는데, 마치 어머님이 나를 보고 미소 짓고 계시는 것 같아 참 반가웠습니다. 어머님! 생전에 다하지 못한 효를 조금이나마 채우고자 부족한 사모곡을 며느리 김혜경, 손녀 강지은, 손주 강성욱과 함께 어머님께 헌사하오니, 부디 이 불효자를 용서하시고, 하늘나라에서는 이 못난 아들 걱정하지 마시고, 아버님과 함께 편안하고 걱정 없이 잘 지내시기를 엎드려 비옵니다.

어머님의 못난 아들

강달수 올림

강달수 시집

작 가 마 을 시 인 선 ㊺

차례

제2부

쇠
박
새
의

노
래

강달수 시집

차례

제3부

그리움의 변주곡

제4부

꽃
이

되
신 어
머
님

강달수 시집

차례

제5부

보물섬에서 부르는 사모곡

제1부

칠
불
암

꽃
무
릇

칠불암 꽃무릇

너도 어머님이 그리웠더냐

멀고 험한 길 걸어 영지까지
네가 보고 싶어서 오셨다가
물속에 어른거리는 너의 얼굴만 보고
눈물로 돌아간 어머니

어머니가 오신 줄 알면서도
차마 연못으로 달려가
품에 안기지 못한
그 애틋한 그리움

남들 다 떠난 시월
칠불암 언덕 낙엽 속에
어머님 눈에 흐르던
그 눈물로 피었구나.

대금 산조

두루미 발자국 소리가 난다
허공에 여울져 물 주름지는
상처난 날개의 퍼덕거림

대숲의 초록 바람 담아 가만히 눈 감으면
어머님의 두루마기 소맷자락 속에서
더욱 애절하게 피어나는 한 떨기 문풍지 꽃

바람이 불며 연주하는
대금 산조 한 가락

갓 퍼올린, 김 서린 우물물로 긴 머리 감으시고
포도나무 넝쿨 우거진 우물가에 정화수 한 그릇 올리시고
칠성신에게 기도하는 어머님
창호문 속에서 내 작은 한복을 인두질 하신다

저녁노을 새들의 부리 위에 곱게 물들면
처마 끝에 맴돌다가 바닷가 마을
초가집 청마루로 날아드는 대금 소리

달빛에 더욱 하얗게 피어나는 어머님의 옥비녀

별빛이 반짝이며 연주하는
대금 산조 한 가락!

우렁 껍질

잘 보이지는 않지만 물 밭의 우렁이는
껍질 안에 새끼를 낳았다

우렁은 온 피와 살로
새끼에게 자양분을 제공했다

새끼가 빠져 나간
우렁이는 껍질만 남았다

어머님도 그러하셨다.

무화과나무

햇살과 바람 춤추던 초가집 돌담
사립문 곁에 묵묵히 서서
내 유년을 지켜주던 무화과나무

한평생을 그 자리에서 꽃 피울 새도 없이
생명의 그늘과 향기로운 과육을 제공해 주던
무화과나무는 어머님의 또 다른 이름

국도 확장으로 헐린 초옥 터
접도구역 안에 방치된 우물처럼
잡풀만 우거지고 바닥까지 메마른,

이제는 그 크고 무성하던 잎 다 떨어지고
아무도 찾아오는 사람 없이
둥치만 남아 서서히 괴사되어 가는,

도마

도마의 몸집이
세상의 예리한 칼날로
상처와 흠집이 날 때마다
철부지 칠 남매들은
조금씩 야물어지고
조금씩 키가 커졌다

도마의 맨살에 들기름이 칠해지고
그늘에 말려질 때마다
우리도 여린 생채기를 햇살에 말리고
조금씩 구멍을 메우며
세상을 보는 눈을 키우며
조금씩 어른이 되어 갔다.

연어

어머님은 청어목 연어였습니다
칠 남매를 산란하고
작은 체구로 새끼들을 죽도록 키우시고
생을 다하실 때까지 새끼들만 챙기시다가
어느 여름날 쓸쓸히 떠나가신 방추형 연어

새끼를 산란할 때마다 거친 자갈들을 걷어내며
당신 살결 찢어지고 입술 불어 터지는 줄도 모르고
끼니도 잊은 채 만든 물웅덩이의 보금자리
그 곳에서 비가 오나 눈이 오나 우리 칠 남매를
밤새워 지키시고 남부럽지 않게 키워내신 어머님

아버님 먼저 보내신 지 39년 동안
홀로 일곱 새끼들을 잘 부화시키고
보살피고 키우시느라 얼마나 외롭고 힘드셨습니까
저도 언젠가 연어가 되어 어머님 계신
남해로 꼭 모천회귀 하겠습니다.

여름날의 추억

여름날 오후 소년은
마당귀에 정자나무가 있고
정자나무 곁에 수양버들 그늘 아래
시냇물이 흐르는 냇가로 달려 갔다
가재들과 피라미들과
숨바꼭질 하며 놀다가
평평한 바위에 누워 잠깐 눈을 감고 있다가
스르르 잠이든 소년

매미들의 와르르 울음소리에
잠이 깬 소년의 눈 속으로
하얀구름 몇 조각만 흘러가는
청명한 여름 하늘

눈을 비비고 일어난 소년의 발 아래에
가재가 집게발을 들고
피라미들이 원을 그리며
다시 놀아달라고 아우성이었다

얼굴 새까맣게 타는 줄도 모르고

가재와 피라미들과 놀다 지친 소년은
거울처럼 투명하게 흐르는 물살 속에
어머님의 얼굴이 언뜻 보이자 집으로 달려갔다

엄마 엄마 어디 있어요
야 이놈아 어데 갔다 왔노 찾았다 아이가
시냇가에 가서 가재랑 피라미랑 놀다가
깜빡 잠이 들어 좀 늦었어요

그래 알았다 다음부터는 이야기나 하고 가거라
손 씻고 오너라 밤 고구마 삶아 놓았다
초가집 대청마루에 내려앉는 노을 아래
고구마를 먹는 소년의 눈에 눈물이 고였다.

여름밤의 추억

초등학교 시절
무더위가 기승을 부리던 여름밤이면
어머니는 내 손을 잡고
아버지와 함께 시냇가로 가서
흐르는 물에 몸을 담궜다

가끔씩 동네 사람들이 지나가는 소리에
긴장되기도 하였지만
그 때 들었던 시냇가 풀벌레 소리만큼
아름다운 음악은
그 후로 한 번도 들을 수 없었다.

겨울에 빛나는 별

별을 좋아하시던 어머님은
내 곁을 떠나 별이 되었다

함박눈 내려 쌓이고
꽁꽁 얼어붙은 도시의 밤거리

한 떼의 까르르 웃음소리와 함께
캐럴송이 바람에 날려 지나간다

온 세상이 얼어붙고
함박눈 펑펑 내리는 겨울밤

어머님은 차갑게 빛나는 별이 되어
내 머리 위로 은하가 되어 흐른다.

길

어머님이 남기시고 간 꽃길에
우리 칠 남매가 걸어가고 있습니다
걸어갈 때마다 남겨지는 발자국 하나도
어머님의 유산이라 생각하고
발자국이 찍힐 때마다
바르게 걸어갈 수 있도록
조심스럽게 걸어갑니다.

유자나무 어머니

그렇게 드센 가시를
당신 몸속에 수 없이 박아 놓고도
평생 아프다 말씀 한 번 안 하시고

그 가시를 보호막 삼아 7남매를
향기로운 유자로 키워내시고는

어느 초여름, 비 내리던 날
하얀 유자꽃이 되어 떨어지신
유자나무 어머님!

모래시계

숨을 한 번 훅 쉴 때마다
피와 살이 모래가 되어 빠져나가는 시계

일곱 자식이 태어나고 자라고
시집 장가 갈 때마다 영혼의 모래가
훅 빠져나가는 어머님의 모래시계

모래시계는 거꾸로 세우거나
모래를 채워주면 다시 새롭게 생명을 되찾지만

어머님의 모래시계는
거꾸로 세우고 모래를 더 채워도
다시 채워지지 못했습니다

어머님 못난 이 불효자도
언젠가 모래시계가 되어
어머님 계신 그곳으로 날아가겠습니다.

어머님의 목소리

우포늪에
노을이 물들 때까지
기다리고 또 기다려도
밥 먹으러 오라는
어머님의 목소리는
들리지 않았다

늪을 흔드는
소쩍새 울음소리만
어머니를 떠나보낸 소년의 마음처럼
땅꺼미가 긴 꼬리를 흔들며
서쪽 하늘로 사라질 때까지
황혼 빛에 흔들리고 있었다.

쇠박새의
노래

강달수 시집 · 작가마을 시인선 45

제2부

쇠박새의 노래

쇠박새의 노래

어머니는 쇠박새였다

작은 몸뚱어리로
부리가 깨어지는 줄도 모르고
아카시아나무에 둥지를 짓고

날개가 부르트도록 쉼 없이
먹이를 물어주는 것도 모자라

입만 벌리고 있는 새끼들의 똥까지 물고
숲속을 날아가서 버리고 흔적을 지운,

새끼들을 천적들로부터
안전하게 지켜내고
스스로 날갯짓 할 때까지 키워낸,

새집 1

팔순이 넘은 노모만 살고 있는
시골집 우편물 수취함에
오목눈이 새가 둥지를 틀었다

새도 편지를 기다렸는지
아니면 내가 그동안 얼마나 어머니에게
편지를 보내지 않아서 그런지

벌초하러 귀향 하는 날
어머님이 동네 잔칫집에 가신다고
열쇠는 우편물함에 넣어 놓았고,

큰 방에 밥 차려 놓았으니
기다리지 말고 저녁 먹으라고
대문에 삐뚤빼뚤 적어 놓으셔서 알았다.

새집 2

어머님 무덤가
새집이 하나 덩그러니 소나무에 걸려 있었다
새도 떠나 우두커니 홀로 있는 작은 새집

마치 어머님 혼자 계실 때
대문 앞에 걸린 작은 우체함 같았다
평소 텅텅 비어 있는 것은 둘 다 비슷하다
한때 어머님이 계신 우체함에도
오목눈이 새가 둥지를 튼 적이 있다

초대하지 않고 초대받지 않은 손님의 우연한 방문
우편물 대신 잠시 머물렀다 떠난
어느 봄날의 날개 달린 우편물들
그 우편물들은 산란을 하고
자식을 키우고 어느 여름날
어머님처럼 조용히 떠났다

둥지 밖의 고달픈 생을 온몸으로 체험한
둥지의 주인이었던 새
빛바랜 사진 속에서 훈기와 추억을 남긴 어머님은

부화한 알들의 여린 울음과 상처난 날개의 퍼덕거림 들
으며

오목눈이 새가 되어 훨훨 하늘로 날아 가셨다.

쌍봉낙타

어머님은 고비사막의 쌍봉낙타였다
일곱 마리의 새끼를 낳고 기른,

새끼 한 마리가 어미 품을 떠날 때마다
쌍봉의 혹을 등에 진 어머님은
혹이 조금씩 잘려나가고
혹 속에 갈무리된 물이 조금씩 메말라 갔다

눈가에 주름이 쭈글쭈글하고
이제는 혹도 다 잘리고 없는
쌍봉낙타에겐 마두금 소리도 사치

쌍봉낙타가 세상을 떠나던 날
행여나 어미한테 새끼들이 찾아오지 않을까
능소화처럼 목이 빠져라 담장 밖을 쳐다보던
쌍봉낙타의 눈가에 눈물자국이 선명하였다.

벌초

어머님이 저 세상으로 떠나신 후
처음 맞는 벌초일
장마가 길었던 탓에 유례 없이 잡초가
내 키만큼 자라 주인 행세를 하고 있었고

어머님이 떠나신 낡은 고향집처럼
텅 빈 새집이 둥지를 틀고 있었다

정성들여 벌초를 하였지만
어머님 무덤 옆에 고즈넉이 피어,
환하게 웃고 있는, 어머님이 좋아하시던
산 구절초는 차마 자를 수 없었다.

김민부 전망대에서 부르는 사모곡

미키스 테오도라키스의 연인이 탄
카테리니행 열차는 11월 어느 날 8시에 떠났고
어머님은 2017년 7월 5일(음력 5월 11일)
8시 기차를 타시고 천국으로 떠나셨습니다

테오도라키스는 매년 11월 8시에
사랑을 그리워하며 노래를 불렀지만
나는 아직 어머님과의 이별이 낯설고
그리움의 노래조차 부를 수가 없습니다

어머님의 눈동자처럼 다정한 파도가
부산항대교 아래 변함없이 포근하게 출렁거립니다
이제는 두 번 다시 볼 수 없고 만질 수 없는 어머님

안개 낀 트리폴리스역 부주키의 선율에
'기차는 8시에 떠나네'가 애절하게 흐르듯
애써 그리움 억누르며
김민부 전망대에서 '기다림' 노래를 불러봅니다.

가족 사진

살아생전 어머님 방에는
1남 6녀 자식들의 결혼사진이
천장 바로 밑 특수 액자에
하나 둘 셋 ~~~주욱 다 걸려 있었습니다

큰누나와 둘째 누나 결혼사진
셋째 누나와 넷째 누나 결혼사진
다섯 번째, 내 결혼사진
그리고 여섯 번째, 일곱 번째 여동생 결혼사진

그런데 내 결혼사진은
가족사진과 내 대학졸업 사진과 함께
세 장이나 걸어 놓으셨습니다.

군대 생활

어머님은 제가 고향 갔다 돌아오는 길엔
늘 조심해서 가라시며
다정한 눈길로 인사를 해 주셨습니다

손을 흔들거나 눈물을 흘리시지는 않았습니다
딱 한번 제가 군에 입대하던 날
내가 탄 버스가 떠나자 돌아서서 우셨습니다

나는 춘천 102보충대를 거쳐
양구 21사단 백두산 부대 두솔산에서 근무를 했습니다
어머님이 남해에서 2박 3일 일정으로 면회를 오셨습니다

어머님을 보자 눈물부터 나왔지만
꾹 참고 거수경례를 올렸습니다 "단결"
목소리는 우렁찼지만 터져 나오는 울음을 막을 수는 없
었습니다

그때 어머님이 싸 오신 쇠고기 맛과
삼단 찬합에 담긴 하얀 쌀밥과 단팥빵 맛을
죽어도 잊을 수 없습니다.

마지막 인사

어머님과의 마지막 통화는
2017년 6월 말경이었습니다

어머님 목소리가 조금 힘이 없으신 것 같아서
어머님 어디 아프십니까 하고 여쭤보니
괜찮다고 하시면서
집사람의 안부와 손자 손녀의 안부를 물었습니다

평소에는 저하고 통화를 하시고 나면
집사람하고는 통화를 하시지 않으시는데
그날 저녁 집사람한테도 전화가 왔었다고 했습니다

조금 이상하다고 생각은 했지만
그 때가 어머님의 마지막 인사라는 것을 몰랐습니다
그래서 더 가슴이 미어집니다.

마지막

단풍잎은 떨어지기 전에 가장 아름답고
새도 죽기 전에 가장 아름다운 목소리로 운다

그래서 하루를 마감하는
노을이 슬프도록 장엄한 것

어머님이 나에게 하신 마지막 말씀은
달수야 별일 없나… 나는 괜찮다…

며느리는… 아이들은…
그래 알았다 잘 살아라였다.

고목

어머니는 147cm의 작은 고목이었다
자식들 뒷바라지 한다고
속까지 텅 비고 멍들어
구멍이 뻥 뚫린 나무였다
일상 속에 갇혀 허우적거리는 나에게 자극을 주고
생활에 지치고 시원찮은 나를
불쑥불쑥 울컥울컥하게 만드는 나무

어머니는 어떤 상황에서도
늘 내 편이 되어주고
내가 힘들고 외로울 때마다
솔로몬의 해법을 제시해 주고
답답한 가슴을 뻥 뚫어주는
작은 고목이었다.

옛날 통닭

입학, 생일 등
특별한 일이 있는, 오일 장날이면
조막손 여동생과 까까머리 개구장이는

동구 밖 정자나무 아래에서
눈이 빠지라
어머님을 기다리고 있었다

어머님이 장바구니에 들고 오시던
김이 모락모락 나는
통닭 한 마리

춥고 배고프던, 어린 시절
그 옛날 통닭은 고향이었고 추억이었다
어머님의 따뜻한 사랑이었다.

고향 가는 길

어머님은 살아 계실 때 고향이었고
이승을 떠나셔도 나의 고향입니다

단 하나 차이점은
고향으로 갔을 때
어머님을 볼 수 있고 없고, 그 차이 뿐입니다

볼 수 있다고 해도 이제는
추모공원에서 사진으로만 뵐 수 있습니다

설, 추석 명절
고향 가는 길

어머님 생전에는 환한 달빛이
내 손을 꼭 잡고 고속도로를 달렸지만

어머님 떠나신 후에는 차가운 빗물이
내 눈동자를 적시며 달립니다.

제3부

그리움의 변주곡

농막 거미

어쩌면 어머님은
제주도 만장동굴의 농막 거미이셨는지도 모른다

나는 그 농막 거미의 알에서 깨어나
어미 거미와 연결된 실에 매달린 새끼 거미였다

먹이 활동을 할 때도 형제들과 놀 때도
배설할 때에도, 늘 그 실로 연결된 끈이
어미 거미와 연결되어 있어서 안전하고 편했다

그런 어미 농막 거미가 생명을 다하자
실이 끊긴 내 육신은 생기를 잃어 버렸고
슬픔의 계곡에 갇혀 벗어나지 못했다

하지만 어느 순간엔가 그 새끼 거미 또한
벌써 어머님처럼 틀니를 끼고 있었고
두 마리의 새끼 거미가 내 실에 매달려 있었다.

청보리밭

청보리밭이 펼쳐진 들녘에서
바람에 흩날리는 청보리 푸른 물결 바라보며
펑펑 울어 본 적이 있나요

보리이삭만큼 까칠한 삶
눈물방울이 그렁그렁 맺혀있는
소년의 눈동자 안에 보이는

수건을 질끈 동여매고
봄볕 속에서 마스크도 쓰지 않고
보리타작을 하고 계신 어머님의 얼굴

코밑에 거뭇거뭇한 먼지들이 들러붙어
땀과 먼지가 범벅이 된 얼굴이지만
햇살 아래 반사된 얼굴이 환하게 빛난다.

북두칠성 1

깊은 밤 북두칠성을 보면
왠지 눈물이 난다

매달 초이레 날이면
아무리 추워도 무화과나무 아래 우물가
정화수 한 잔 떠 놓으시고

못난 아들 위해
칠성신에게 기도 하시던
어머님은 죽어서 북두칠성이 되었다.

북두칠성 2

북쪽 하늘에 북두칠성이 반짝인다
칠성님께 기도 하신다며 매일 우물가에서
머리 감고 두 손 모아 빌던 어머님

한 겨울 새벽에도 계속되던 기도
별처럼 빛나던 촛불 아래 정화수 속
바람이 불 때마다 별과 촛불이 아른거렸다

아들 하나 딸 여섯 칠 남매를 낳은
어머님에게 우리는 일곱 개의 별이었다
그 별들 건강하고 잘되라고 그러셨을까
단지 아들이라는 이유 하나만으로
어머님이 제일 좋아하시고 더 걱정하시던 별
북두칠성만 보면 어머님 생각에 눈동자가 시리다.

타고 남은 재

어머님은 호모 에렉투스의 후예이셨다
100만 년 전 동물의 뼈와 석기를 사용하였고
불을 이용한 흔적을 남긴,

시골집 아궁이 속에서 솔 낙엽 태워 밥을 짓고
불을 다 태운 후에도 타고 남은 재로
밤톨 같은 일곱 고구마를 잘 익히고 먹인,

그 후 식어버린 재가 되어
일부는 바람에 실려 하늘로 날아가고
일부는 잘 봉인되어 납골당에서 깊은 잠에 빠져든,

보물 상자

어머님의 보물 상자는
자개 문양을 한
삼단 서랍이었습니다

생전에 어머님은 그 보물 상자 안에
작은 가족사진과 잘 접은 지폐와 패물 등
소중한 물건들을 넣어 두고, 꺼내 보시곤 했습니다

유품 정리를 하던 중
그 셋째 칸 중, 맨 첫 칸 맨 안쪽에
작은 고무줄로 묶은 비닐봉지가 들어 있었습니다

무언가 열어 보았더니 그 안에 들어 있었던 것은
의외로 저의 명함이었습니다
못난 아들이 직장을 옮길 때마다 하나씩 드린 것들

늘 아들 때문에 노심초사 하시던
어머님의 안타까운 시선과
차마 말씀은 못하셨지만 당신의 바램이 머물렀을 명함
들

어머님 정말 송구하고 고맙습니다
더 잘해 드리지 못하고
어머님의 마음을 편하게 해 드리지 못해 죄송합니다

이제는 보고 싶어도 볼 수 없는 어머님
2018년 기일
꿈속에서라도 얼굴을 보여주셔서 고맙습니다

어머님 정말 생시처럼 반가웠습니다
꿈을 꾸고 나니 어머님이 더 그립습니다

장식장 위에서 나를 보고 있는 보물 상자
매일 어머님을 보듯 바라보고
어머님의 손처럼 가만히 어루만져 봅니다.

폭설 내리던 날

폭설 내리던 날
사상 시외버스 터미널에서
세 시간 반 동안 어머님이 타고 오시는
고향 남해에서 출발한 버스를 기다렸다

휴대폰이 없던 시절이라 전화연락도 안되어
걱정이 이만저만이 아니었다

지루하거나 다리가 아픈 것은
아무런 문제가 되지 않았고
오로지 어머님이 눈길에
무탈하시기만을 빌고 또 빌었다

이윽고 도착한 어머님이 타고 오신 버스
어머님의 얼굴은 약간 붉게 상기되어 있었지만,
"많이 기다렸재" 하시며 환하게 미소 띤 얼굴로 내리시며
내 손을 꼭 잡으셨다

그 때 그 어머님의 미소가

내리는 눈보다 더 화사하고
하얗게 눈부시다는 것을 처음 알았다

함박눈이 펑펑 내리던 그날도
어머님은 도미며 문어며 미숫가루며 단술이며 해양전을
가득 싸 오셨지만, 하나도 안 무거웠다.

가을, 문득 그리움

가을이 새하얀 고무신을 신고
코스모스 길을 따라 걸어옵니다
만국기가 가을바람에 펄럭거리는 운동회 날

자개로 장식된 붉은 삼단 찬합에 담긴 김밥을 꺼내는
어머님이 하얗게 웃고 계십니다

훌쩍, 그리고 어느 듯 백발이 된
아들의 하얀 고무신이 어머님 생각에
울다가 웃다가, 웃다가 울다가 합니다

노을처럼 작별 인사도 제대로 못하고
서쪽 하늘로 훌훌 떠나가신 어머님
해마다 쓸쓸한 가을 길에 코스모스 꽃이 피면

어머님이 그랬듯이 담벼락 햇살에 기대어 서서
저 하늘 어디선가 내려다보고 있을 어머님을 부르며
하얀 고무신이 가을 강처럼 깊디깊은 울음을 삼킵니다.

갑자기, 불현 듯, 불각시리!

갑작스럽게 황망히 떠나신 어머님
정해진 시간 없이
언뜻 언뜻 불현 듯 떠오르는
당신 생각에 목이 메입니다
아무 소용도 없는 눈물이 자꾸만 흐릅니다
불각시리 생각나는 어머님
그 불각시리가 지하철 안에서
집에 돌아 올 때도
한 낮 맛있는 밥을 먹다가도
어머님과 함께 간 적이 있는
모든 추억의 공간에서
불각시리 생각이 납니다.

검정 고무신

어머니가 떠나시고 고향 집 정리 하던 날
축담 위에 보라색 운동화와 함께 나란히 앉아 있던
검정 고무신 한 켤레

보랏빛 달개비꽃 지천에 널리던 날
어머님은 고무신이 되어 나를 바라보고 있었다
비가 오나 눈이 오나 평생을 진창길 걸어오셨을,
저 오래되고 작디작은 고무신

겨울 보리논에서 연 날리다가 소아 관절염 걸리고
저수지에서 수영하다가 빠져
죽을뻔한 적도 있는 1남 6녀 중 외동 아들

아프지 말고 다치지도 말고 건강하고
남한테 기죽지 마라고 내게 특별히 사 주신
가을 운동회 날 눈부시게 빛나던 하얀 고무신

이제는 그 하얀 고무신 다 닳아 없어지고
주인을 잃어 고향 앞산을 걸을 수도 없고
진창에 발자국도 남길 수 없는 검정 고무신

〉

어머님! 그 작고 낡은 고무신 신고
어떻게 그 험한 세상 걸어오시고
모진 풍파 다 견뎌내셨나요

어머님이 무수히 지나 다니셨을
황톳길에 피어있는 보라색 패랭이꽃
아들아 저 들꽃처럼 밟혀도 절대로 기죽거나
쓰러지지 말고 벌떡 일어나야 한다

어떤 길을 걸어가더라도
고무신처럼 쫀득쫀득 잘 적응하고 씩씩하게 걸어라
어머님이 신던 검정 고무신!

둥지

아비 제비가 먼 하늘로 여행을 떠났을 때
초가집 처마 밑 둥지엔
멍하게 아비가 떠나간 하늘 바라보던 어미 제비와
일곱 마리의 제비 새끼가 배고픈 입을 벌리고 있었습니
다

초이레 날이면 김 서린 우물물로 긴 머리 감으시고
연약하고 어린 제비들을 위해
정화수 한 그릇 제비집 우물가에 떠 놓으시던 어미

항상 일곱 마리 새끼를 품에 안고 다니면서
먼 곳에서 힘들게 물어온 먹이를 주고
토닥토닥 자장가를 불러 주시던 어미
일곱 마리 중 한 마리라도 안색이 어둡고 시들하면
밤새 그 새끼를 지키며 잠 못 들던 어미

일곱 마리의 새끼들이 자라 둥지를 떠나자
이제는 어미가 둥지에서
먹이를 받아먹는 제비가 되셨습니다

목에선 그렁그렁 쇳소리가 나고
관절에선 늘 삐걱거리는 소리가 납니다
시위가 팽팽하게 당겨진 활처럼
등이 심하게 굽은 어미 제비

그 수척하고 메마른 어미 곁에 앉아
어릴 적 따뜻한 어미 품에 안겨 환하게 웃고 있는,
흑백사진을 바라보는
새끼 제비의 눈가에 물기가 어립니다.

그리움

그리움은
어머님의 또 다른 이름

올 봄
능소화 꽃으로

다시 피어난
붉은 그리움!

자국과 흔적

아버님은 떠나신 후
늘 벽에 기대어 앉아 계셨던 자리
큰 방 벽지에 얼룩을 남기셨지만

어머님은 아무런 자국을 남기시지 않고
구석구석 흔적만 남기셨다

소형 목재금고에 잘 보이지 않는 지문과
초등학교 시절 소풍이나 운동회 때
상주해수욕장에 여름 휴가 갈 때

어머님 정성이 늘 가득했던
자개무늬 삼단 찬합에 묻어 있는
어머님의 슬픈 흔적.

쇠박새의
노래

강달수 시집 · 작가마을 시인선 45

제4부

꽃이 되신 어머님

달개비꽃

고향 길가에 핀 달개비꽃
보랏빛 어머님 얼굴
꽃말처럼 외로운 추억

여름 밤 함께 별을 헤던
어머님 가신 빈자리에 핀
정말 외롭고 쓸쓸한 꽃.

배롱나무꽃

먼 옛날 고시공부를 하던
화엄사 구층암 해우소 옆에
봄이면 배롱나무꽃이 활짝 피었다

어릴 적 우리 초가집
뒷간 앞에도
배롱나무꽃이 수북하게 피었다

2017년 배롱나무꽃이 지고
그 이파리조차
낙엽으로 떨어지자

어머니도 꽃상여를 타고 북망산으로 떠나셨고
이듬해 무덤가에 어머님이 좋아하시던
배롱나무 꽃이 붉게 피었다.

달맞이꽃

햇살이 춤추는 동안 동구마니 몸을 웅크리다가
밤만 되면 생기가 도는 네 몸속에선
어머님이 달의 꽃잎 속으로 사라져간
해변가 파도 소리가 들린다

노란 별들이 툭툭 떨어져 내린
너의 몸 위에 병원 한 번 제대로 가보지 못하고
별이 되신 아버님과
평생 그 아픈 별 생각하며
한숨 지으며 살아오신 어머님의 목소리가

몽실 몽실 노랑 몽오리로 맺혀
달이 떠오르는 언덕
달맞이꽃으로 피어났다.

능소화야 능소화야

능소화야 능소화야
우리 엄마 좀 찾아 주렴
땅만 쳐다보고 붉은 눈물 흘리지 말고
우리 엄마 좀 불러 주렴

이제 그만 담벼락에서 내려와
일곱 남매 잘 키워 놓고
아무도 엄마 곁에 없을 때
작별 인사도 못한 우린 어쩌라고

사립문 열고
우물 옆 골목길 돌아
저 하늘로 걸어가신
우리 엄마 좀 찾아 주렴!

능소화

능소화가 활짝 핀 2017년 어느 여름날 아침
꽃말처럼 어머님은 그리움이 되어
먼 곳으로 떠나셨습니다

"자식들에게 폐 안주고
자는 듯이 가는 것이 소원이다"라고
늘 말씀하시던 어머님

한평생 칠 남매를 넝쿨로 안아주고
담장 위로 얼굴 내밀고 자식들 기다리시다
능소화가 되어 떨어지신 어머님.

풍등

거제 와현 해변에서
어머님에게 쓴, 마음의 편지를 담은
분홍색 풍등을 날려 보냈습니다

바람이 심하게 불어
다른 사람들이 날린 풍등들은
잘 안 날아가고
불도 붙고 가라앉았지만

내가 어머님을 생각하며
날려 보낸 풍등은
두둥실 하늘 높이 잘 날아갔습니다.

감꽃

내 어릴 적 고향 초가집엔
야트막한 축담과
가뭄에도 마르지 않는 우물이 있었고

별채 뒷간 앞에는
큰 감나무가 한 그루 있었습니다

봄이면 어머님은 감꽃을 주워
하얀 목걸이를 만들어 내 목에 걸어 주셨습니다

비록 화장실 앞에 떨어져 있었지만
참 순결한 감꽃이었습니다

어머님과 함께 했던 꿈같은 유년시절
감꽃 목걸이를 걸고 기뻐하는 나를 보시며

감꽃처럼 하얗게 미소 짓던
어머님이 무척 그립습니다.

어머님의 어록

호박에 금 긋는다고 수박 안 되고
겨울에 얇은 옷 입고 뽐내다가
얼어죽는다고 말씀하시던 어머니는

평생을 우물가 한 자리에 서서
우리 칠 남매를 지킨
절구통에 고인 눈물이었다

장독대 위에 쌓인 흰 눈
남새밭에 떨어진 감꽃처럼
하얀 그리움이었다.

노을

가랑비처럼 방울방울 단풍 낙엽 지는
고향 옛집의 우물가

노을 속에 그려진
어머님의 얼굴 보다가 스러진
불효자의 애달픈 눈동자

어머님을 한번이라도 더 보기 위해
이리 저리 뛰어다니다가
그만 노을을 놓쳐 버렸습니다

찾아 갈 수 없고 볼 수 없는 그리움
회자정리, 별리도 운명이라며
울지 말자 맹세했지만

어머님이 떠나간 풍진세상
술에 취해 쓰러지게 하는
낙엽보다 독한 노을

낙엽 지는 가을의 슬픈 노을은
죽음보다 더 깊은 그리움이었습니다.

참외

어머님이 떠나신 여름 하늘엔
눈물이 가득 차 있다

당뇨에 걸리신 어머님이
참다 참다 밥 대신 드시던 과일

달디 단 참외를 한 입 베어 물었는데도
혓바닥에 소금인지 눈물인지 짭쪼롬 하다

노란 씨마저도 향기롭던 그 참외가
모래를 씹듯 입안이 까끌까끌하다.

청보리밭 1

소녀야
청보리밭이 펼쳐진 들녘에서
바람에 흩날리는 청보리 푸른 물결 바라보며
펑펑 울어 본 적이 있느냐

보리이삭만큼 까칠한 삶
눈물방울이 그렁그렁 맺혀있는
너의 눈동자 안

수건을 질끈 동여매고
봄볕 속에서 마스크도 쓰지 않고
보리타작을 하고 계신 어머님의 얼굴이 보인다

비록 코 밑에 거뭇거뭇한
먼지들이 들러붙은 얼굴이지만
햇살 아래 반사된 얼굴이 환하게 빛난다

소녀야
너는 보릿고개를 넘어 본 적이 있느냐
그렇다면 이제 보리밥 맛없다고 투정부리지 마라!

청보리밭 2

오늘 아침, 문득 고창 고인돌처럼
비탈진 언덕에 서서 바람에 일렁이는
청보리밭의 푸른 물결을 바라보네

아버지는 너무나 일찍 별이 되셔서
늦봄이면 어머니와 함께 마당에서
까칠한 보리 이삭을 맞으며 타작을 하였지

이제 그 어머니마저 별이 되어 떠나시고
아무도 없는 푸른 들판의 언덕에 앉아
거센 바람에 출렁이는 청보리 물결을 보고 있네!

손녀의 눈물

엄마의 직장 때문에 태어나자마자
할머니 손에 지극정성으로 키워진 손녀는
건강하고 훌륭하게 성장해서 영어 선생님이 되었다

코흘리개 시절 온 산과 들로 함께 다니던
할머니의 고마움을 잊지 않고 늘 그리워하며 살았던
그 손녀가 커서 시집을 가게 되었다

손녀 후에 손자까지 키우고 돌보시느라
기력이 다한 할머니, 손녀가 좋은 짝을 만나 시집을 가자
다른 데는 못가도, 친 손녀의 결혼식에는 가봐야지 하시
면서

많이 편찮으시고 관절염으로 걸음도 잘 못 걸으시면서,
시골에서 도회로 오셔서 손녀와 활짝 웃으시며 사진도
찍고
친가 외가 가족들을 오랜만에 만나 기쁘게 만나고 가셨
다

그 후, 손녀가 결혼한 다음 해 봄에 손손녀를 출산했다

출산 소식을 전하며 손녀는 다가오는 추석에 손손녀와 함께
할머니에게 인사를 꼭 드리러 가기로 했다

부모와 조부모는 자식들과 손자손녀를 기다리시지 않는다고
추석을 앞둔 몇 달 전, 할머니는 그 약속만을 기다리시다가
다시는 돌아오지 못할 강을 건너가시고 말았다

할머니 빈소에 손손녀를 안고 달려온 손녀
손손녀를 할머니에게 보여 주면서 눈물을 흘렸고
할머니! 할머니를 부르는 손녀의 울음소리가 온 산을 흔들었다.

제5부

보물섬에서
부르는 사모곡

고향 빈집 1

어머님마저 별이 되신 고향 빈집
담장을 따라 핀 능소화가 손을 흔든다

잡초만 우거진 마당에
구름만 덧없이 흘러가고

어머님이 애지중지 하시던 목련꽃이 그려진
낡은 항아리만 우물가를 지키고 있다

빈 집에 갇혀 빠져나오기 싫은
내 유년의 슬픈 눈동자

훈기가 없어 자꾸만 주저앉는
벽지처럼 무너져 내린다.

고향 빈집 2

어머님은 고향 갔다가
다시 집으로 돌아가기 위해
떠나는 우리들에게

힘없이 손을 흔드시며
'어서 가거라! 조심해서 가거라!
도착하면 전화 허고' 라고 늘 말씀하셨다

이제 빈집이 되어버린 고향집
어머님의 그 반가웠다가 서운한 눈빛과
다정하면서도 염려스런 목소리를

다시는 볼 수 없고 들을 수 없는 줄 알면서도
우리가 출발한 후 한참 동안 서 계시던 어머님 생각나
고향 갔다 돌아오는 길! 자꾸만 뒤를 돌아다본다.

타임머신

타임머신이 내 앞으로 날아온다면
어머님이 돌아가신 해 설날처럼

어머님 손 꼭 잡고
어머님이 늘 다니시던 용문사에 가서

부처님께 삼배하고 산신각에도 참배하고
초파일날에 달 가족 연등을 예약하고

어머님 얼굴 바라보며
용문사 절밥 한 번 먹고 싶다.

남해 용문사

남해 용문사 길을 올라
대웅전 앞에 서면

부처님의 미소와
어머님의 눈동자가 보인다

어머님은 떠나시고
작은 별이 되셨지만,

용문사를 한 번 찾아가면
쉽게 떠나지 못한다.

금산에서 부르는 사모곡

남해 금산 보리암
관세음 보살상 아래
방향감각을 상실한 나침반처럼

어머님, 별이 되신 후
상사바위 위에서 길을 잃어버린
작은 산 새 한 마리!

어머님과의 워킹

관절염과 치매 초기 증세를 보이던 어머님이
넘어지셔서 고관절 골절로
병원에 삼 개월 입원 후 퇴원을 하셨다

명절 때 방문한 고향 보물섬
아침에 앞산, 마을 납골당까지
산책을 한 번 가보자고 하신다

뒤에서 보니까 내 걸음걸이가 어떻노
무릎관절이 펴지지 않아서 걷는 게 아니라
다리를 끌고 가시는 것 같은 워킹이지만

어머님 너무 빨라서 못따라 가겠십니다
내가 그리 빠르나
소학교 때 릴레이 선수 하셨다 카더만은
그 이유를 알것네예

뭐라카노 지금 니 내 위로할라꼬 그라재
아입니다 어무이
정말 바람처럼 빠르십니다

〉
내려오는 길 가 일손이 없어서 방치된 유자나무
다 떨어지고 한 개 남은 유자가
겨울 햇살에 노랗게 피어 있었다.

거꾸로 가는 시계

밧데리가 수명을 다한 시계의
분 바늘을 손가락으로 거꾸로 돌리자

숯불 위에 까슬까슬 구워지던 장어가
바다로 헤엄쳐 가고

쌈밥 옆에 있던 상추가
휘릭휘릭 버드나무가 있는 남새밭으로 돌아가고

소아 관절염에 걸려 잘 걷지 못하는
초등학생 아들을 업은 어머님이

우물가 무화과나무가 있는 초가집
담벼락 길을 웃으며 달려갑니다.

우편물

어머님의 발인이 끝나고 3주일 뒤
다시 찾은 고향집

우편함에 조字 말字 남字
어머님 함자가 적힌 우편물 세 통이
벌써 별이 되신 주인을 기다리고 있었습니다

한 통은 미납된 유선비를 독촉하는 것
한 통은 어머님이 다니시던 절에서 온 것
또 한 통은 국민연금 공단에서 온 안내문

아직도 어머님이 살아 계신 것 같아
또 한 번 꺼이꺼이 불효자의 마음에 비가 내립니다.

쑥덕

어머님은 쑥을 좋아하셨고
쑥떡을 너무 좋아하셨습니다
해마다 봄이면 뙤약볕에서 몇 날 며칠 쑥을 캐셔서
쑥 미숫가루를 만들어 보내주셨습니다

달수야 내가 캔 무공해 쑥으로 만든
미숫가루이고 간에도 좋다니까
배고플 때, 밥 먹기 싫을 때
설탕 조금 넣고 타 먹어라 하시던 어머님

어머님과 마지막 상봉을 했던
2017년 4월 9일 공설운동장에서의 체육대회 날
어머님께 인사를 드리고 발걸음을 옮기는
저를 부르시더니

봄비처럼 쓸쓸한 눈빛으로
동네에서 준비한 쑥떡이 참 맛있다 하시며
주방에 가서 좀 더 달라고 해서
갖다 주고 가거라 하셨습니다

그래 쑥떡을 부녀회에서 더 받아다가
어머님에게 드렸더니
이제 됐다 그만 가거라 하셨습니다
그 때가 어머님을 뵌 것이 마지막이었습니다

어머님은 그때 쑥덕을 더 드시고 싶으셨는지
어쩌면 마지막임을 예감하시고
아들 얼굴을 한 번 더 보고 싶으셨는지……

지금도 그날 어머님의 쓸쓸한 눈빛을 생각하면
울컥 목이 메입니다
어머님 부디 이 못난 아들 걱정은 이제 하지마시고 편하
게 쉬십시오.

바지락 칼국수

칼국수를 좋아하시던 어머님은
부산시인협회 사무국장으로 재직하던
2004년 여름
여름시인학교 사전답사를 위해
남해를 방문했을 당시
어머님보다 2년 먼저 저 세상으로 가신
당시 부산시인협회 임수생 회장님께
바지락 칼국수를 끓여 주셨다

그 후 고 임수생 시인께서는
나를 만날 때마다
어머님 안부를 물어 보셨고
어머님 건강을 염려 하셨다
"그렇게 맛있고 시원한 칼국수는
세상에서 처음 맛보았다"고 하시면서
늘 고마워하셨다
그런데 진작 임수생 회장님이
먼저 저 세상으로 떠나셨고
어머님도 저 세상으로 떠나셨다.

삼우제 후 첫 만남

삼우제 후 처음으로 찾아간
어머님이 계신 남해 연죽 추모누리공원

어머님을 만나러 가는 길가에
군데군데 붉은 백일홍과
하늘빛 수국이 피어 있었습니다

사진 한 장 걸리지 않은 어머님 계신 곳에
신혼 때 우리집에 올라오신
어머님의 활짝 웃는 사진을 붙였습니다

어머님께 인사를 드리고 돌아가는 길
흐르는 눈물 속에 백일홍과 수국이
어머님의 얼굴 같아, 연신 고개가 돌아갔습니다.

정자나무

고향 다천 마을, 동사 입구에 선 정자나무
그 정자나무 옆 다리 위에서 석사대회가 열리면
힘이 약해 작은 돌을 몇 번 던지시고
나무에 돌이 한 개라도 맞으시면
덩실 덩실 어깨춤을 추시던 어머님

여름이면 정자나무 아래에서
직접 삼은 삼베 모시옷을 입으시고
가끔씩 수박파티도 하고 막걸리도 한 잔 하시면서
경로당 어르신들과 노회의 쓸쓸한 심사를 위로하셨다

누구네 아들은 집을 사고
누구네 딸은 어머님에게 금목걸이를 해주었고
또 누구네 아들은 간밤에
며느리가 도망가고 없더라는 이야기 등

온 종일 이야기꽃을 피우셨고
그런 이야기를 많이 나누시고
늦은 귀가를 하신 날에는
어머님은 어김없이 그날 저녁에 나에게 전화를 거셨다

〉
막걸리 취기에 발그레한 목소리로
달수야 누구네 집에 그런 일이 다 있었다
니는 별일 없제 잘 살아라
그래 알았다 들어가라.

설날

어머님이 설설 끓는 가마솥에서 퍼 온,
김이 모락모락 나던 떡국
찬바람이 구멍 뚫린 문풍지를 비집고 들어와
온돌방을 온통 휘젓고 다녔지만

떡국을 한 그릇 맛있게 먹어야
한 살 더 먹고 빨리 큰다는 어머님 말씀에
노란 계란채, 검정 김 고명의 떡국을
조막손들은 뜨거운 줄도 모르고 먹었습니다

떡국 한 숟가락 먹고, 어머님 얼굴 한 번 보고
뜨거운 국물까지 후루룩 다 마셨습니다
문 밖에는 펑펑 함박눈 내리던
어릴 적 설날 아침!

존재의 근원에 대한 그리움과 구원 의식

—강달수 시의 의미

김경복

(문학평론가, 경남대 교수)

존재의 근원에 대한 그리움과 구원 의식
— 강달수 시의 의미

김경복(문학평론가, 경남대 교수)

우리는 왜 어머니를 그리워하는가? 어머니는 인간에게 어떤 존재인가? 이런 질문들은 역사 이래 수많이 물었음 직한 것들이다. 험한 세파를 거치고 살았던 시기일수록 어머니의 존재성은 모든 인간들에게 별처럼 뚜렷이 각인되어 더 호명되었다. 어렸을 때에는 어머니의 따뜻함과 소중함을 그냥 본능으로만 느끼고 있다가 나이 들어가면서 점차 어머니의 존재성이 참으로 위대했음을, 위대라는 말도 모자랄 정도로 장엄했음을 사람들은 의식으로 깨닫는다. 그 깨달음은 어머니란 존재가 인간 모두에게 각자 자신이 체험할 수 있는 가장 깊은 사랑의 실체였다는 사실의 발견에 놓여 있을 것이다.

그렇다, 어머니는 인간으로서 경험할 수 있는 가장 지고한 사랑의 실체다. 사랑의 본질을 구체적 형상으로 제시하라고 할 때, 대부분의 인간은 아마도 어머니를 떠올릴 것이다. 사랑이 인간의 삶을 행복으로 이끄는 가장 필수적 요소

라면, 이것을 상징하는 존재가 바로 어머니인 것이다. 그런 점에서 어머니란 존재는 내 삶을 평화롭게 하고 더 나아가 삶의 의미를 풍성하게 하는 대상이 된다.

그렇지만 사랑이란 말로만 어머니의 존재성을 완료하기에는 조금 부족한 감이 있다. 그것보다 더 원초적인 이끌림이 이 이름 안에 들어있다는 느낌이 든다. 생각해보면, 어머니, 이 이름은 나의 존재성을 생성케 해준 근원이 아닌가! 어머니를 통해 '나'란 인간이 세상에 출현했다고 생각하면 어머니는 사랑을 넘어 존재 그 자체란 의미를 가진다. 나란 인간을 세상에 나오게 만든 존재로서 산도産道를 열어 저 캄캄한 무無의 세계 속에서 피와 살을 부여하고 영혼을 불어넣어 생명을 빚어낸다. 그런 점에서 어머니는 무정형無定型과 무의미로 버무려진 혼돈의 세계로부터 정형과 의미로 찬란한 현생의 세계로 내 존재성을 불러낸 '존재의 입구'다. 한마디로 어머니는 내 존재성 그 자체다. 따라서 어머니는 나에게 존재의 생성이나 귀착과 관련된 절대적 대상이 된다.

그런데 우리 인간의 삶에서 어머니는 대체로 일정 기간 같은 시간대를 공유하다가 먼저 세상을 떠난다. 내 존재의 절대성을 의미하고 사랑으로서 삶의 행복을 상징하는 어머니의 상실은 인간에게 깊은 슬픔과 함께 절절한 그리움을 유발한다. 어머니의 부재로 인해 발생하는 존재의 결핍은 근원적인 측면의 슬픔과 그리움을 불러일으키는 것이다. 그런 차원에서 역사 이래 우리는 어머니를 그리워하는 노래로서 수많은 '사모곡思母曲'을 볼 수 있다. 그 사모곡의 면면을 들여다보면 우리가 쉬이 공감할 수 있는 내용들로서 얼마나 곡진하고 애절하였던가!

　여기 우리 시대의 또 하나의 애틋한 사모곡을 보게 된다. 강달수 시인이 쓴 작품이 바로 그것이다. 어머니를 모든 사람은 갖고 태어나지만 그 어머니를 이렇게 절절한 기록으로 남기는 사람은 그렇게 많지 않다. 어머니에 대한 그리움과 함께 제 존재성에 대한 깊은 사색과 궁리를 한 사람만이 이런 기록을 남기고, 시로 적을 수 있을 것이다. 소비자본주의 시대로 접어들어 인간의 존재성마저 향락적으로 변질되어 가는 느낌이 드는 이 때, 그래서 어쩌면 어머니의 존재성마저 왜곡되어 보이기 십상인 이 시기에 발표되는 강달수 시인의 사모곡은 우리 시대의 어머니란 존재는 무엇인가 하는 화두를 던진다. 어머니란 대상은 시대를 뛰어넘는 본질적인 부분도 있지만 당대의 역사 속에서 성찰되어야 할 상대적인 부분도 있는 것이다. 그 질문의 대한 해답의 중심부에 이르기 위해 우리는 강달수 시인이 그리는 어머니의 정경 속으로 애잔히 질러가볼 일이다.

어머니의 희생과 정성, 그 사랑의 상관물

　시대를 초월하는 어머니의 특성을 우리는 짐작할 수 있다. 어쩌면 의식적인 면보다 본능적인 차원에서 이루어지는 자식들에 대한 사랑으로서 희생과 정성이 그것일 것이다. 생물학적 지식에 의하면 파충류 단계부터 새끼에 대한 보호본능이 작동된다고 한다. 포유류인 인간에겐 이 유전

자적 본능이 사랑이란 이름으로 더 강화되어 나타났을 터다. 그러나 모든 어머니가 다 지극정성으로 자식들을 길러내었다고는 말할 수 없다. 그리고 이 지극정성의 어머니 사랑을 모든 자식들이 다 똑같이 알아챘다고도 볼 수 없다. 어머니와 자식 사이의 인과관계는 특이한 운명이나 사연에 의해 좌우된다. 즉 사모곡을 부를 정도라면 어머니와 그 자식 간의 유대와 사랑이 더욱 특별하지 않으면 안 된다는 의미일 것이다.

그 점에서 강달수 시인에게 자신의 어머니를 추억하고 이렇게 사모곡을 부르게 된 사연이 있음을 짐작해 볼 수 있다. 실제 시 속 정보로 볼 때 돌아가신 어머니를 그리워하고 잊을 수 없게 만든 사연이 있음을 발견하게 된다. 강시인은 어머니의 장구한 희생과 정성 덕분에 자신이 현재와 같은 삶을 살 수 있게 되었음을 절실히 느끼고 있다. 다음 시편을 보면 이를 알 수 있다.

어머님은 청어목 연어였습니다
칠 남매를 산란하고
작은 체구로 새끼들을 죽도록 키우시고
생을 다하실 때까지 새끼들만 챙기시다가
어느 여름날 쓸쓸히 떠나가신 방추형 연어

새끼를 산란할 때마다 거친 자갈들을 걷어내며
당신 살결 찢어지고 입술 불어 터지는 줄도 모르고
끼니도 잊은 채 만든 물웅덩이의 보금자리

그 곳에서 비가 오나 눈이 오나 우리 칠 남매를
밤새워 지키시고 남부럽지 않게 키워내신 어머님

아버님 먼저 보내신 지 39년 동안
홀로 일곱 새끼들을 잘 부화시키고
보살피고 키우시느라 얼마나 외롭고 힘드셨습니까
저도 언젠가 연어가 되어 어머님 계신
남해로 꼭 모천회귀 하겠습니다.

- 「연어」 전문

참으로 따뜻하고 애절한 감정이 절로 우러나는 시편이라
할 수 있다. 이번 시집 전체를 살펴볼 때 시인의 시는 무슨
현란한 수사를 발휘하는 것보다 어머니의 사랑을 어떻게 하
면 더 잘 드러낼 수 있을까 하는 시적 기교를 내보이고 있
다. 이 점은 시적 구성이나 시어의 활용 면에서 조금 소박
한 느낌을 주지만 독자로 하여금 시적 주제에 대한 감상에
서 보다 절실함과 담백함을 맛보게 한다. '사모곡'은 시적
화자가 어머니란 대상이 못내 그립다는 감정을 내비치는 것
인 만큼 제 감정을 현란하게 꾸미는 것보다 담백하게 보이
는 것이 보다 효과적인 것을 안다는 데서 나온 결과일 것이
다.

이 시의 주제는 어머니의 사랑이 한없이 크고 넓어 시적
화자가 죽을 때까지 결코 잊을 수 없다는 내용이다. 어머니
의 사랑이 한없이 지극한 것을 '연어'에 빗대어 표현함으로
써 자식을 위해 자신의 온 생명을 희생한 어머니의 사랑이

실체적으로 느낄 수 있게 표현되고 있다. 특히 "작은 체구로 새끼들을 죽도록 키우시고", "새끼를 산란할 때마다 거친 자갈들을 걷어내며/ 당신 살결 찢어지고 입술 불어 터지는 줄도 모르고"의 표현들은 어머니가 이 자식들을 키우기 위해 남다른 고통과 시련을 겪었음을 드러내고 있다. 모든 어머니가 자식들을 위해 희생과 헌신을 하지만 이 시가 표현할 정도의 고초를 겪지는 않는다. 이 표현들은 시인의 마음속에 자신의 어머니가 유독 많은 신산고초를 많이 겪었고 이를 자식으로서 시적 화자가 잘 알고 있다는 것을 드러내고자 함에 그 의도가 있다.

문제는 어머니를 연어로 비유하면 모든 어머니가 이와 같은 특성을 지닌다고 말해야 할 것이나, 강시인이 주목한 어머니는 특별한 존재로서 연어라는 점이 초점이다. 즉 시 속의 내용으로 볼 때 시적 화자의 어머니, 즉 강시인의 어머니는 "아버님 먼저 보내신 지 39년 동안/ 홀로 일곱 새끼들을 잘 부화시키고/ 보살피고 키우시느라 얼마나 외롭고 힘드셨습니까"의 대상으로 보통의 어머니와 다른 인생 역정을 갖고 있다. 남편 없이 혼자 일곱이나 되는 자식들을 39년 동안 건사해 키운 어머니의 생애에 대해 성인이 된 자식의 입장에서 생각할 때 참으로 가슴 먹먹해지지 않을 수 없는 것이다. 거기다 이런 어머니를 자식으로서 제대로 받들지도 못했다고 여기면, 속절없이 황망히 저승으로 떠난 어머니가 야속하기도 하고 내가 괘씸하기도 하여 더욱 가슴속에서 일어나는 여한에 몸부림치지 않을 수 없었을 것이다. 이 시의 감동적인 부분은 이런 감정을 시적 화자가 가

지면서 독자에게도 자신의 삶의 경험에 비추어 느끼게끔 하는 데에 있다.

  그런 사연이 있기에 시적 화자에게 어머니의 희생과 정성은 늘 가슴에, 영혼에 남아 그리운 추억의 대상이 된다. 강 시인이 애절하게 부르는 상당수의 시편들이 이런 내용을 취하고 있다. 다음 시편들이 그런 예다.

  잘 보이지는 않지만 물 밭의 우렁이는
  껍질 안에 새끼를 낳았다

  우렁은 온 피와 살로
  새끼에게 자양분을 제공했다

  새끼가 빠져 나간
  우렁이는 껍질만 남았다
        〉
  어머님도 그러하셨다.

                                    －「우렁 껍질」 전문

  갓 퍼올린, 김 서린 우물물로 긴 머리 감으시고
  포도나무 넝쿨 우거진 우물가에 정화수 한 그릇 올리시
고
  칠성신에게 기도하는 어머님
  창호문 속에서 내 작은 한복을 인두질 하신다

저녁노을 새들의 부리 위에 곱게 물들면

처마 끝에 맴돌다가 바닷가 마을

초가집 청마루로 날아드는 대금 소리

달빛에 더욱 하얗게 피어나는 어머님의 옥비녀

– 「대금 산조」 부분

「우렁 껍질」은 어머니의 고초에 대한 절통함을 앞에 제시된 시처럼 표현한 작품이다. 남편 없이 칠 남매나 되는 자식을 키우기 위해 희생한 어머니의 사랑은 "우렁은 온 피와 살로/ 새끼에게 자양분을 제공"한 우렁이의 경우와 다름없다는 인식이다. 자신의 온 생명을 자식에게 전이하여 훌륭한 존재로 만들어낸 어머니의 헌신은 그 어떤 대상도 따를 수 없는 깊은 사랑의 실체다. 그 사랑의 덕에 자신의 존재성을 갖추게 되었다는 자각은 "어머님도 그러하셨다."에 담긴 비탄과 안타까움에 깊이 묻어난다. 이 구절은 어머니의 헌신과 사랑이야말로 자신들의 삶의 기초가 되고 원동력이 되었음을 체득하고 자인하는 표현이다.

이러한 어머니의 희생을 통한 사랑의 표현은 이 외, "어머니는 쇠박새였다"로 시작하여 "작은 몸뚱어리로/ 부리가 깨어지는 줄도 모르고/ 아카시아나무에 둥지를 짓고// 날개가 부르트도록 쉼 없이/ 먹이를 물어주는"(「쇠박새의 노래」) '쇠박새'에 비유되기도 하고, "어머님은 고비사막의 쌍봉낙타였다/ 일곱 마리의 새끼를 낳고 기른,// 새끼 한 마리가 어미 품을 떠날 때마다/ 쌍봉의 혹을 등에 진 어머님은/ 혹이 조금씩 잘려나가고/ 혹 속에 갈무리된 물이 조금씩 메말라 갔다"(「쌍봉낙타」)의 '쌍봉낙타'에 비유되기도 한다. 모두 우리 주변에 흔한 동물에 비유하여 그것들이 가진 특성을 잘 살려 어머니의 고초와 시련을 생동감 있게 그려내고 있다. 그러면서 어머니의 사랑이 갖는 절실함과 그에 대한 시적 화자의 간절하고도 애틋한 마음을 잘 드러내고 있는 것이다.

이에 비해 「대금 산조」는 어머니의 사랑이 자식들에 대한 지극정성에 있음을 드러내고 있다. "갓 퍼올린, 김 서린 우물물로 긴 머리 감으시고/ 포도나무 넝쿨 우거진 우물가에 정화수 한 그릇 올리시고/ 칠성신에게 기도하는 어머님"은 '칠성신'으로 대변되는 천지에 지극정성을 들여 자식들의 무사안녕을 비는 자비의 화신이다. 그 자애慈愛의 화신으로서 어머니가 천지와 감응하여, 자식의 앞길이 잘 되라고 비는 치성은 이후 자식들의 삶에 큰 공덕으로 남을 것임은 미루어 짐작하지 않아도 아는 일이다. 이 치성은 웬만한 정성과 간절함이 없으면 이루지기 힘들기 때문에 이것을 부단히 수행한 어머니의 지극정성은 시적 화자에게 큰 고마움과 안타까움으로 남게 되었을 것이다. 그리하여 시적 화자의 머리 속에 늘 어머니의 치성은 고결하고도 신비한 모습으로 각인되어 저와 같은 모습으로 나타나게 되는 것이다. 거기에 "내 작은 한복을 인두질 하시"는 어머니의 모습과 "달빛에 더욱 하얗게 피어나는 어머님의 옥비녀"의 영상은 인정스러우면서 정갈한 어머니의 모습으로 드러나 더욱 그리움의 절실함을 불러일으키게 하고 있다. 이 구절들에서는 단순한 희생이나 사랑을 넘어 천지간의 신성神聖을 느끼게 하여 존재의 구원마저 생각하게끔 한다.

그런 점에서 강시인이 부르고 있는 사모곡은 돌아가신 어머니에 대한 그리움에만 그치는 노래는 아니다. 눈물 나게 그리운 어머니를 통해 제 존재성이 어디에 기반하고 있는지를, 무無에서 다시 무無로 흘러가야하는 이 무정한 생 세계에 내 존재성의 참됨이 어디에 있는지를 안타까이 찾고 있는 노래라고 할 수 있다.

유년의 추억과 존재의 구원

어머니에 대한 그리움은 제 존재의 근원과 관련된 만큼, 가장 순수했던 시절에 대한 추억으로 번지지 않을 수 없다. 왜냐하면 근원은 가장 순수한 상태를 의미하기 때문이다. 따라서 대부분의 사람들 경우 어머니와 관련하여 자신의 유년 시절을 추억한다. 유년과 관련된 어머니의 추억은 순수하면서도 가장 행복하고 아름다웠던 정경을 제공하고 있어 강렬한 에너지를 발산한다. 강시인의 경우도 이 점은 마찬가지다. 다음 두 편의 시를 보면 이 점을 알 수 있다.

햇살과 바람 춤추던 초가집 돌담
사립문 곁에 묵묵히 서서
내 유년을 지켜주던 무화과나무

한평생을 그 자리에서 꽃 피울 새도 없이

생명의 그늘과 향기로운 과육을 제공해 주던
무화과나무는 어머님의 또 다른 이름

– 「무화과나무」 부분

어머님은 제가 고향 갔다 돌아오는 길엔
늘 조심해서 가라시며
다정한 눈길로 인사를 해 주셨습니다

손을 흔들거나 눈물을 흘리시지는 않았습니다
딱 한번 제가 군에 입대하던 날
내가 탄 버스가 떠나자 돌아서서 우셨습니다

나는 춘천 102보충대를 거쳐
양구 21사단 백두산 부대 두솔산에서 근무를 했습니다
어머님이 남해에서 2박 3일 일정으로 면회를 오셨습니
다

어머님을 보자 눈물부터 나왔지만
꾹 참고 거수경례를 올렸습니다 "단결"
목소리는 우렁찼지만 터져 나오는 울음을 막을 수는 없
었습니다

그 때 어머님이 싸 오신 쇠고기 맛과
삼단 찬합에 담긴 하얀 쌀밥과 단팥빵 맛을
죽어도 잊을 수 없습니다.

– 「군대 생활」 전문

두 편 시의 공통점은 성인이 된 상태에서 어머니와 관련된 자신의 유년 내지 청년 시절의 행복하고 아름다운 한 때를 추억하고 있는 것이다. 「무화과나무」는 자신의 유년 시절이 아름답고 따뜻했음을 노래한다. 시적 화자는 자신의 머리 속에 새겨진 유년의 풍경, 즉 "햇살과 바람 춤추던 초가집 돌담/ 사립문 곁에 묵묵히 서서/ 내 유년을 지켜주던 무화과나무"에서 볼 수 있는 자연의 아름다움과 청신함을 통해 그것으로부터 보호받는 자신의 안온함을 떠올린다. 그것은 곧 어머니의 품성과 덕성으로 이어져 "생명의 그늘과 향기로운 과육을 제공해 주던/ 무화과나무는 어머님의 또 다른 이름"이 되면서 어머니와 유년, 그리고 고향은 동심원적 전체성을 이루면서 매우 아름다운 서정의 세계를 형성하게 되는 것이다. 이 원환적圓環的 전체성의 풍경은 우리가 늘 꿈꾸던 동일성의 세계이지 않은가! 그런 점에서 참으로 아름답고 장엄한 것이지만 이미 지나가고 사라진 것이기에 더욱 서러운 풍경이라 하지 않을 수 없다. 어머니의 부재는 이런 고향과 유년의 상실, 그것들이 상징하는 생의 순수함과 안온함을 상실한 것을 지시해 주는 것이기에 안타까움은 더욱 심화된다. 강시인은 어머니의 결여에서 이 점을 바라보고 있다.

유년과 고향에 얽힌 어머니에 대한 그리운 정경은 이번 시집에서 많이 찾아볼 수 있는 것으로 가령, "봄이면 어머님은 감꽃을 주워/ 하얀 목걸이를 만들어 내 목에 걸어 주셨습니다"(「감꽃」)라거나, "어머님이 장바구니에 들고 오시던/ 김이 모락모락 나는/ 통닭 한 마리// 춥고 배고프던, 어린 시절/ 그 옛날 통닭은 고향이었고 추억이었다/ 어머님의 따뜻한 사랑이었다."(「옛날 통닭」)로 표현되어 가슴 뭉클한 채로 아름다운 한 때를 추억하게 한다. 그것은 우리가 잃어버린 동심의 세계가 얼마나 순수하고 가치 있는 것인지를 되새겨보게 하는 계기로 의미심장하다 하지 않을 수 없다. 이 점은 소비자본주의 시대인 오늘의 현실에서도 어머니와 고향, 그리고 유년의 삶이 상징하는 가치가 얼마나 소중한 것이 되는지를 깨우쳐 주고 있다.

「군대 생활」은 같은 군대 생활을 겪은 남자로서 읽어보면 참으로 눈물 없이 볼 수 없는 작품이다. 시작법은 소박하지만 그 안에 담긴 감정의 파동은 매우 격렬하여 어머니에 대한 그리움의 강렬함뿐만 아니라 자신의 외로움마저 절실하게 그려져 감동의 물결을 일게 한다. 시적 화자는 얼마나 어머니가 그리웠으면 "어머님을 보자 눈물부터 나왔지만/ 꾹 참고 거수경례를 올렸습니다 "단결"/ 목소리는 우렁찼지만 터져 나오는 울음을 막을 수는 없었습니다"라고 고백하고 있고, 더 나아가 "그때 어머님이 싸 오신 쇠고기 맛과/ 찬합에 담긴 하얀 쌀밥과 단팥빵 맛을/ 죽어도 잊을 수 없습니다."라고 되뇌고 있다. 이 구절에서 우리는 시적 화자의 여린 감성도 엿볼 수 있지만 그와 같은 상황 속에 놓인 어머니의 감정을 짐작하게 될 때, 그 품성과 덕성에 우리 또한 눈물 흘리지 않을 수 없는 것이다.

또 한편, 이 시에서 생각해볼 수 있는 것은 이러한 어머니의 특성이 바로 존재의 구원 문제로 이어진다는 점이다. '죽어도 잊을 수 없다'는 말은 죽음마저 초월한다는 의미일 것이다. 어머니의 존재성은 바로 그와 같아서 존재의 영원함을 보장해주는 표지가 된다. 죽음마저도 잊게 하는 어머니의 특성은 '존재의 입구'로서의 역할뿐만 아니라 죽음으로 우리의 생을 마감하는 '존재의 출구'로서의 기능까지를 상징적으로 보여주고 있다는 의미일 것이다. 그 점은 다음 시편을 통해 엿볼 수 있다.

별을 좋아하시던 어머님은
내 곁을 떠나 별이 되었다

함박눈 내려 쌓이고
꽁꽁 얼어붙은 도시의 밤거리

한 떼의 까르르 웃음소리와 함께
캐럴송이 바람에 날려 지나간다

온 세상이 얼어붙고
함박눈 펑펑 내리는 겨울밤

어머님은 차갑게 빛나는 별이 되어
내 머리 위로 은하가 되어 흐른다.

―「겨울에 빛나는 별」 전문

　어머니가 간직하고 있는 순수한 사랑은 영원한 그리움의 대상이다. 어머니는 그런 점에서 세상의 아무런 사심이나

이익이 결부되지 않은 가장 순수하고 고결한 상태를 상징하게 된다. 이에 나이 들어 세속에 점차 자신이 오염되어 간다고 느낄 때 가장 순수했던 유년과 어머니가 동시에 떠오르면서 자신의 타락한 삶의 구원과 관련하여 어머니의 품을 다시 그리워하게 된다. 그 때의 어머니는 자신을 구원해줄 천상의 빛이다. 문제는 이 빛이 삶의 타락을 정화해줄 뿐만 아니라 존재의 무화無化, 즉 죽음마저 구원해줄 성스러운 빛으로 나타난다는 것이다.

「겨울에 빛나는 별」은 바로 이 점을 매우 상징적으로 잘 보여주고 있다. 자신의 현실적 처지인 "함박눈 내려 쌓이고 / 꽁꽁 얼어붙은 도시의 밤거리"에 "어머님은 차갑게 빛나는 별이 되어/ 내 머리 위로 은하가 되어 흐른다." 이것은 바로 어둠 속에서 빛을 발견하는 것이자, 꽁꽁 얼어붙은 현실에 따뜻한 온기를 받는 상상력의 발동이다. 그것이 어머니로 인해 시작된다는 것인데 이는 그만큼 강달수 시인의 내면의식에 어머니의 덕성이 깊이 맺혀 흐르고 있음을 드러낸 것이라 할 수 있다. 그 점은 다른 시에서도, 즉 "못난 아들 위해/ 칠성신에게 기도 하시던/ 어머니는 죽어서 북두칠성이 되었다."(「북두칠성 1」)라고 표현함으로써 어머니의 성스러움과 구원 문제에 깊이 천착하고 있는 데서도 확인해 볼 수 있다.

따라서 강시인에게 존재의 구원은 어머니의 사랑의 회복, 즉 어머니의 덕성으로의 회귀에 달려있다. 그렇기에 다음과 같은 구절, 가령 "저도 언젠가 연어가 되어 어머님 계신 / 남해로 꼭 모천회귀 하겠습니다."(「연어」)라거나, "어머님

못난 이 불효자도/ 언젠가 모래시계가 되어/ 어머님 계신 그곳으로 날아가겠습니다."(『모래시계』)라는 등의 표현은 모두 어머니의 세계를 통한 존재 구원의 의미를 담고 있다. 강 시인에게 존재의 구원은 곧 어머니 세계의 회복이자 획득이다. 그것은 참으로 간절하고 애틋한 내용으로서 사모곡일 뿐 아니라 인간 존재의 영원한 이념으로서의 구원의 형식이다.

그런 점에서 강달수 시인에게 어머니란 존재는 영원한 존재이자 나의 구원의 표상이 되고, 어머니를 그리워하는 것은 나의 존재성을 확인하는 일이자 생을 이끄는 원동력을 얻는 일이다. 소비자본주의 시대에도 불구하고 영원히 변치 않는 원형적 심상으로 어머니의 영상이 각자의 마음속에 맺혀 솟아오를 때 우리 사회는 보다 정화되고 신성을 획득하여 성스러워 질 것이다. 때문에 '어머니에 대한 그리움'을 품는 것은 인류의 보편적 감정으로서 당대 사회의 물신화에 대응하는 가치 있는 행위다. 이는 한용운 선사가 『님의 침묵』에서 늘 간절한 마음으로 '님을 기루는 것'에 해당하는 것으로 천지를 감응하여 우리 존재의 구원을 얻는 일이기도 한 것이다. 그런 점에서 이러한 내용을 매우 서정적이면서 압축적으로 잘 보여주는 강달수 시인의 한 편의 시를 인용하는 것으로 해설을 취지를 대신하고자 한다.

　　그리움은
　　어머님의 또 다른 이름

올 봄

능소화 꽃으로

다시 피어난

붉은 그리움!

- 「그리움」 전문